Le grand voyage

Au vieux Indiens bercés de souvenirs,
et aux jeunes Indiens pleins de rêves.
M. Cantin

Pour Geneviève Pelon, ma grand-mère.
S. Pelon

Les mots du texte suivis du signe * sont expliqués sur le rabat de couverture.

www.editions.flammarion.com

87, quai Panhard et Levassor – 75647 Paris Cedex 13
Dépôt légal : février 2009 – ISBN : 978-2-0812-1656-3
Loi n°49-956 du 16 juillet 1949 sur les publications destinées à la jeunesse

Marc Cantin

Sébastien Pelon

Le grand voyage

CASTOR POCHE Flammarion

Chapitre 1

Grand-Père est malade

– Nitou ! Viens jouer !

Malgré les appels de Fati, Nitou reste à l'écart. D'habitude, il adore jouer à ours-perché… mais aujourd'hui, il n'a pas le cœur à s'amuser.

Fati s'approche de lui.
– Tu penses à ton grand-père ? devine-t-elle.
– Il est malade et je suis très inquiet, avoue Nitou.
– Eh bien, allons ensemble prendre de ses nouvelles, propose la petite squaw.

Nitou sourit enfin :
– Tu es vraiment ma meilleure amie.

Les joues de Fati deviennent écarlates*. Les deux jeunes Indiens quittent les autres enfants et se dirigent vers le tipi du chaman. Une fumée grise s'en échappe. Le père de Nitou, Grande-Plume-d'Aigle-fier-qui-vole-dans-le-ciel-bleu, sort justement du tipi.

– Comment va Grand-Père ? lui demande aussitôt Nitou.

Le chef de la tribu annonce d'une voix grave :
– Ton grand-père est très malade. Il a connu plus de saisons qu'aucun d'entre nous, et il est temps pour lui de rejoindre la Terre des Ancêtres.

– I… il va mourir ! bafouille Nitou.
– Il sera très heureux auprès du Grand Manitou*, et nous devons nous réjouir pour lui. *Hugh* !

Le chef des P'titipis a parlé. Il caresse la tête de son fils et s'éloigne.

Nitou redresse ses plumes et se tourne vers Fati :
– Ah non ! Il n'est pas question que Grand-Père parte chez le Grand Manitou !

Le grand-père de Nitou est très malade. Nitou est triste et refuse de le voir mourir.

Chapitre 2

Un remède

Nitou et Fati entrent dans le tipi du chaman. L'homme-médecine veille le malade. Le grand-père de Nitou semble dormir, allongé sur un lit d'herbes sèches recouvert d'un tapis sacré.

– Tu vas le sauver ? demande Nitou d'une toute petite voix.

Le chaman regarde le jeune Indien avec tristesse. Il l'aime beaucoup et il voudrait pouvoir exaucer son vœu.

– Hélas, je ne peux rien contre la volonté du Grand Manitou. Ton grand-père partira bientôt pour les Territoires des Chasses Éternelles.

– C'est impossible ! s'exclame Nitou. Tu connais sûrement un remède !

– Ma médecine soulage les douleurs, mais elle ne rend pas immortel.

Nitou est désespéré. Il s'approche de son grand-père. Il se souvient des bons moments qu'ils ont passés ensemble, de tout ce que le vieil homme lui a appris.

Fati s'adresse alors au chaman :
– Tu es vraiment sûr de ne pas connaître une plante qui pourrait le guérir ?

L'homme-médecine hésite pendant un instant.
– C'est compliqué, marmonne-t-il.

Nitou se retourne aussitôt.
– Laisse-moi essayer ! supplie-t-il.
– Je l'aiderai ! ajoute Fati.

– Il s'agit… de la fleur de l'Âge, révèle le chaman. Celui qui boit la potion préparée avec ses pétales rajeunit d'une saison.

– C'est fantastique ! s'enthousiasme Nitou. Et où peut-on la trouver, cette fleur ?

Le chaman explique qu'elle pousse dans le Marais* des Ombres… un endroit que tous les Indiens évitent soigneusement !

– Il y a plein de mauvais esprits, là-bas ! grimace Fati.

– J'irai quand même ! affirme Nitou. Et je rapporterai cette fleur.

– Tu dois savoir, précise le chaman, que la fleur de l'Âge fane très vite, une fois cueillie. Et elle perd alors son pouvoir.

– Je serai plus rapide que le vent, promet Nitou en quittant le tipi.

– J… je t'accompagne, se décide Fati.

Et malgré sa peur, elle part avec son ami.

– Bonne chance, murmure le chaman.

Le chaman révèle à Nitou l'existence d'une fleur qui pourrait permettre à son grand-père de vivre un peu plus longtemps.

Chapitre 3

« Le plus vite possible »

Le campement est déjà loin. Nitou et Fati s'avancent dans la plaine, où deux bisons se régalent d'herbe.

– Le chemin est long pour arriver jusqu'au marais, soupire Fati.

– Ne t'inquiète pas, la rassure Nitou. J'ai une idée.

Le jeune Indien s'approche des bisons.

– Que veux-tu, petit homme ? lui demande le plus grand des bisons.

– Je suis très heureux de vous rencontrer car on m'a dit que vous étiez le plus rapide des bisons.
– Eh bien, c'est certainement vrai, répond aussitôt l'animal, flatté par le compliment.
– Mais qui t'a raconté ça ? intervient le second bison.
– Oh, explique Nitou, tout le monde le sait. On m'a dit : « Va dans la plaine, tu trouveras deux bisons. Le plus grand est le plus rapide de la Terre. »
– En effet, tout le monde le sait, reprend le premier bison, sans cacher sa fierté.
– C'est faux ! proteste le second. Le plus rapide, c'est moi !

– Allons, sois sérieux ! s'irrite son ami.

Et les deux animaux commencent à se disputer. Mais Nitou s'interpose.

– Pour vous départager, le meilleur moyen serait de faire la course.

– Le petit homme a raison, approuvent en chœur les bisons.

Nitou propose alors que Fati et lui grimpent chacun sur le dos d'un bison. Ainsi, ils pourront juger qui est le plus rapide des deux.

– Parfait, montez ! s'impatientent déjà les adversaires.

Les Indiens échangent un clin d'œil, puis ils s'installent sur leur monture.

– Le premier arrivé au Marais des Ombres ! annonce Nitou.

– D'accord ! s'exclament les bisons en grattant le sol.

Et Fati donne le départ :
– Trois, deux, un… Partez !

Pour gagner du temps, Nitou et Fati se rendent au Marais des Ombres à dos de bison.

Chapitre 4

Le Marais des Ombres

– Égalité, annonce Fati.

– Vous êtes aussi rapides l'un que l'autre, confirme Nitou.

Les bisons sont arrivés en même temps au Marais des Ombres.

Ils recommencent à se disputer :

– Je n'ai pas voulu te ridiculiser.

– Tu plaisantes ? Je t'ai attendu !

Les Indiens, eux, descendent de leur monture et entrent dans le marais.

– Il n'y a pas plus fier qu'un bison, confie Nitou à son amie.

– Et il n'y a pas plus malin que toi, lui répond-elle.

– J'espère que je le serai assez pour trouver la fleur de l'Âge...

Nitou et Fati s'enfoncent dans le lugubre marécage. Leurs pieds laissent des empreintes sur le sol humide. Les herbes se noient au milieu des mares noirâtres. Les branches, au-dessus d'eux, ressemblent à des doigts crochus, et de longues écharpes de brumes flottent de chaque côté du sentier.

Jamais Nitou n'aurait imaginé un endroit aussi effrayant.

– L… là ! s'écrie Fati. Une ombre vient vers nous !

– Ne la regarde pas ! prévient Nitou. La peur te fera courir, tu quitteras le chemin et tu t'enfonceras dans la vase*.

Les deux Indiens savent que la seule façon de combattre les mauvais esprits du marais, c'est de les ignorer. Alors, Fati baisse la tête, et elle ne regarde que ses pieds. Mais elle continue à sentir les ombres autour d'elle. Elle finit par redresser la tête… et elle voit un horrible visage près du sien !

– *AAAaaaah !* hurle-t-elle, avant de s'enfuir.

Elle n'a pas fait trois pas que ses jambes s'enfoncent dans le sol. Elle ne peut plus bouger !... Et le marais commence à l'aspirer !

Effrayée par une ombre du marais, Fati perd l'équilibre et s'enlise dans le marécage.

Chapitre 5

Les mauvais esprits

– Ne bouge surtout pas ! hurle Nitou. Sinon, tu vas t'enfoncer plus vite !

Une main crochue plane au-dessus du petit Indien. Il lève la tête et s'écrie :

– J'ai une idée !

Il saute, saisit cette longue branche sur laquelle il tire de toutes ses forces. Il l'oblige à se plier pour que Fati puisse en attraper l'extrémité. Son amie tend les mains... et parvient à s'y agripper. Nitou lâche alors la branche, qui se redresse en aidant Fati à se libérer !

– Merci, Nitou ! Sans toi, j'étais perdue !

Mais c'est au tour du jeune Indien de trembler. Une ombre s'approche de lui. Elle est aussi repoussante qu'un cauchemar !

– Laisse-moi tranquille ! panique Nitou en ouvrant de grands yeux ronds.

Il commence à reculer, prêt à quitter le chemin. Heureusement, Fati intervient.

– J'ai compris ! s'exclame-t-elle.

Elle prend une grande inspiration, s'approche de l'ombre et souffle de toutes ses forces ! Le démon gris se déforme, s'enroule sur lui-même... Fati souffle encore, et l'ombre se disperse !

– C'est le brouillard qui crée ces formes, dit-elle. Il n'y a aucune raison d'avoir peur.

– Ce n'est pas le Marais des Ombres, lance Nitou en retrouvant le sourire. C'est le Marais des Illusions !

Il félicite Fati, et les deux amis reprennent leur route.

– Maintenant, déclare Nitou, rien ne nous empêchera de trouver la fleur de l'Âge… je crois même que je l'aperçois !

Les deux Indiens plissent les yeux, et, au bout du chemin, ils distinguent un point blanc éclatant.

Non seulement Nitou a réussi à sauver Fati de la vase du marais mais il a aussi trouvé la fleur de l'Âge.

Chapitre 6

La fleur de l'Âge

– C'est bien la fleur de l'Âge, confirme Fati.

Elle est aussi blanche que la neige. Même le brouillard semble repoussé par son éclat.

Nitou se baisse et la cueille.

– Grâce à elle, mon grand-père va guérir !

Mais, déjà, la fleur perd de sa blancheur.

– Le chaman a dit de la rapporter très vite, rappelle Fati.

Les deux amis partent en courant. Ils retraversent le marais en chassant les ombres qui s'envolent sur leur passage.

– Plus vite ! s'inquiète Nitou.

La fleur est de moins en moins blanche ! Les jeunes Indiens poursuivent leur course sur le sentier et sortent enfin du marais. Mais la route est encore longue !

– Nous n'arriverons jamais à temps au village, se désespère Fati.

Elle entend alors les grognements des bisons. Ils sont toujours au même endroit, face à face, à se disputer.

– C'est moi le plus rapide ! affirme l'un.

– *Grrrr !* Je te dis que c'est moi ! réplique l'autre.

– Pour vous départager, intervient Nitou, recommençons la course dans l'autre sens !

Les bisons, ravis, approuvent d'un signe de tête. Aussitôt, les deux Indiens grimpent sur leur dos. Nitou regarde sa fleur : les pétales commencent à tomber.

– Trois, deux, un… Partez ! crie Fati.

Et les bisons repartent au triple galop.

Une fois encore, ils terminent la course à égalité. Nitou et Fati les laissent se chamailler, et s'élancent à travers la plaine.

Les deux amis rentrent au village à dos de bison pour rapporter la fleur de l'Âge avant qu'elle ne fane.

Chapitre 7

Retour au village

Arrivés au village, Nitou et son amie se précipitent vers le tipi du chaman.
– J'ai la fleur ! crie Nitou. J'ai la fleur !
L'homme-médecine apparaît alors à l'entrée du tipi.

– J'ai bien peur qu'il ne soit trop tard, annonce-t-il d'une voix triste.
– Mais non, insiste Nitou. Regarde, la fleur n'est pas fanée.
– En effet, constate le chaman. Mais je n'aurai pas le temps de préparer la potion. Ton grand-père est sur le point de rejoindre le Grand Manitou.
– Il... il va mourir ! s'affole Nitou.
– Viens dire au revoir à ton grand-père.

Nitou court au chevet de son aïeul*.
– Attends ! Ne meurs pas ! supplie Nitou en lui montrant la fleur. Tu vas guérir !

Son grand-père lui sourit, heureux de revoir son petit-fils une dernière fois. Puis il ferme doucement les yeux et s'endort pour toujours.

– Ceux que l'on aime restent éternellement dans nos cœurs, chuchote le père de Nitou. Ils nous aident à choisir le bon chemin. Et pour que tu t'en souviennes, ton grand-père t'a laissé ceci.

Le chef des P'titipis tend à Nitou la coiffe de son grand-père. Le jeune Indien se saisit avec émotion de cette majestueuse couronne de plumes.

– Maintenant, déclare son père, nous allons chanter et danser en l'honneur de ton grand-père.

Nitou, accablé par la tristesse, reste à côté du tipi avec Fati.

Un courant d'air agite alors la coiffe que le petit Indien serre entre ses mains. Une plume se détache, la plus longue et la plus belle plume. Elle tourbillonne au-dessus de Nitou et s'envole vers le ciel. Elle monte, monte, monte vers les nuages... où elle finit par disparaître. Comme un dernier signe.

– Je crois que Grand-Père vient de récupérer sa plume préférée, confie Nitou à Fati.

– À présent, sourit son amie, on est sûrs

qu'il est bien arrivé auprès du Grand Manitou.

– Alors, nous aussi, allons chanter et danser en son honneur ! approuve Nitou.

❶ L'auteur

Marc Cantin :

« Certains pensent qu'ils deviendront immortels grâce à de grands actes de bravoure, parfois même de cruauté. Pour qu'on se souvienne de leur passage sur Terre, ils déclenchent des guerres, ils voyagent dans l'espace, ils inventent de nouvelles machines, de nouvelles plantes, ils chantent, ils écrivent, ils peignent, ils veulent devenir des stars... Bref, ils tentent par tous les moyens de ne pas passer inaperçus.

Mais tous ces efforts ne servent pas à grand-chose, car personne n'est immortel. On se souvient de quelques noms célèbres, on les apprend à l'école, on les croise dans les encyclopédies, mais le plus important, ce n'est pas ça. Le plus important, quand on appartient au passé, c'est d'exister encore un peu dans les bons souvenirs de ceux qu'on a aimés et qui nous ont aimés. C'est ainsi que Nitou se console de la disparition de son grand-père. Ce dernier vit encore dans son cœur, il continue à l'accompagner, et le petit Indien peut poursuivre le chemin tracé par ses ancêtres. Les vies se succèdent, et c'est pour cette raison que nous devons tous prendre soin les uns des autres. Un homme seul n'est pas immortel, mais les hommes, tous ces hommes qui forment l'humanité et qui se succèdent, le seront peut-être.
C'est ce que nous enseignent les Indiens qui ont traversé les siècles et qui survivent toujours à notre époque. »

2 L'illustrateur

Sébastien Pelon :
« Ma grand-mère est morte pendant que je dessinais ce livre ; j'ai beau être plus âgé que Nitou, je me suis senti très triste. J'ai vu une étoile filante monter vers le ciel ce jour-là, et, comme Nitou avec la plume, je me suis dit que ma grand-mère était partie rejoindre le Grand Manitou. »

Table des matières

Achevé d'imprimer en janvier 2009,
chez Clerc (France).